U0944430

青叶集

吴斐儿 著

上海人民出版社

吴斐儿，作家、诗人。

现为中国诗歌学会会员、中国戏剧文学学会会员、《中华朗诵》杂志编委会成员、上海市朗诵协会常务副秘书长、上海文化发展基金会扶持优秀青年编剧。

创作的散文、诗歌、随笔在《东方瞭望》《中华朗诵》《红蔓》《四川文学》《诗刊社》《中国新诗》《中国诗选刊》《新诗歌》《周末诗话》《湖湘诗歌》等刊物发表。

序　构建迷宫的耐心

赵丽宏

恕我孤陋寡闻，在读到这本诗集之前，我还不知道吴斐儿，也没有读过她的诗。老友陆澄先生向我推荐吴斐儿的诗，并希望我为她的诗集作序。我想，也许是一位诗歌爱好者的习作吧，看一眼再说。然而展读《青叶集》，却让我惊喜。集子中的诗作，感染了我，打动了我，使我产生共鸣，也让我感动。

吴斐儿的诗，也许还没有广为人知，但她的作品，不是初学者的习作，而是情感深挚，意象独特，底蕴浑厚的佳作。她的诗中，没有陈词滥调，没有轻浅的抒情，而是对人性的思考，对生命的沉吟，对大千世界的细致观察后发出的诗意感慨。她的诗大多短小精致，内涵却浑厚悠远。对自己想在诗中抒写的景物情状，她不会人云亦云，总是力图写出有别于常人的独特。她诗中流露的苍凉、忧伤、无奈、怅惘、思念和温柔，都是真情的表达，也是诗意的自然流泻。

她写乡愁："把一条路走成一个故乡/算不算旅人的回乡"？"看云看得久了/一低头就流出泪来/只因乡愁蓄满了/得溢出来"；她写《草》："用匍匐用沉默/生生不息地/吟唱/苍穹下隔世的长调"；她在《客居》中有这样的幻想："若能在静到幽深处把自己长成一株木槿/就长在时间的倒影里/让停留的更多停留/让不舍的更加不舍"，只有诗人，才可能有如此情怀和幻想。

写诗，对于吴斐儿，是怎样一种状态和境界呢？且读她的诗句："用一支笔构筑一个世界/该有多大的野心……有时遇到井水/就汲上来/蘸着浓夜书写/混沌的眼睛就动荡就出一片星辰"；"火炬无力时/内心的星辰就亮起来/若不是暗夜/眼睛如何看得见"；"把自己深邃成一片海/缄

默是必然的代价 / 那一切不可言说的 / 全部沉入海底 / 算是有了个去处”；“为了让你记住来时的路 / 我种下记号 / 希望它在某个时刻能把流逝截住 / 把阴影收拢”；“怀里装着一座旧城堡 / 白发生出一根 / 城墙的苔藓就绿一层 / 故纸堆的灰一吹 / 花就穿上隔年的红装 / 谁不是 / 自己堆砌之物的看护人”……这些诗句，不需要我来解读，它们非常生动地把一个诗人的思绪和才情铺展在纸上，让人感受到诗的独特和灵动。

吴斐儿的诗有时给人一种幽邃之感，诗中有人物，有故事，有曲折的岁月痕迹，但却不是一目了然的清晰。淡淡的文字中，蕴藏着一些秘密，仔细品读，会有惊心之感。如诗集的开首篇《喊父亲》，诗的开场，“对着山谷喊父亲 / 一直喊一直喊 / 直到把自己喊小 / 把山谷喊成平原 / 把河流喊得倒流 / 喊到被春天遗落的那个清晨”；喊得声嘶力竭，父亲并没有出现。而场景突变，进入室内：帘子，茶缸，“炉子上煎着中药”，以为父亲会出现，还是不见人影。诗的下半阕，又回到山中，“我终于不喊了 / 我就开始

漫山遍野地找 / 找那一株药草”，她确信父亲就是山中的一株“没人认得没人心疼”的药草，诗的结尾突兀而慷慨：“我确信我可以 / 认得出 / 因为我还没来得及滴下的 / 眼泪 / 就会让他在风中 / 颤抖不已 / 地动山摇”。父亲没有出现，但满篇都是父女间的心魂感应，不仅情深意挚，而且惊心动魄。

我没有读到吴斐儿更多的诗作，仅见的这本《青叶集》，虽然作品数量不多，但已经可以窥见一个诗人的不俗的襟怀和格局。关于诗和人性的思考，关于诗性的追求，渗透在她的每一首诗中，正如她自己的诗句所言：“文字 / 是西西弗的巨石 / 它构建迷宫的力量和耐心 / 远比岁月 / 长久”。

2017 年 7 月 14 日深夜于四步斋

目 录

023 第二篇章 人北归 心南渡

第一篇章　旧故里　草木深

喊父亲

别人喊父亲
山谷里的回音就转身
抱住那个用力喊的人

我也对着山谷喊父亲
一直喊一直喊
直到把自己喊小
把山谷喊成平原
把河流喊得倒流
喊到被春天遗落的那个清晨

帘子外有脚步声
茶缸里冒着热气

炉子上煎着中药

于是我就不喊了
等那个屏息的时刻……

等了一日又一日
一年又一年
等到所有的春天走了
茶树开败了
药长满了山坡

我终于不喊了
我就开始漫山遍野地找
找那一株药草
他被散落
没人心疼没人认得

我确信我可以
认得出
因为我还没来得及滴下的

眼泪
就会让他在风中
颤抖不已
地动山摇

月光下的乡恋

一说乡恋
世界就成一片大海
我是孤舟

一脚踏空之后
终于清醒
也终于四下无人

有些永不下沉的东西
比时间恒久
她离我如此之近
只要抬头，就能遇见
是什么让我必须仰视才让

泪不轻易溢出来

她依然在天上
依然顽固而无处不在
依然刺眼
依然那么白
在这样的盛大里世上的一切都变黑

我用前半生逃离她
却用后半生追寻
从河滩奔到平原奔到
人群堆聚的荒蛮之地……

被海淹没之后
我试着沉默
在浩劫里待久了
也会习惯

抬头看时
她就在那里

用白色款待我
命运的发配即刻变成摇篮
我的迟钝和多情就荡漾起来
此时我屏住呼吸
一动不动
我怕我一睁眼双脚就踏在流沙里
再也做不了自己的主

日暮乡关

转身离开无非是
冬天的后面还是冬天
背离她的一切方向都构成了“远方”

策马扬鞭、四海为涯
从行囊中掉出的草籽
野蛮生长、蔚然成林
随时间一起枯败，抑或峥嵘
这一路走来的迤逦有迹可循
是否就构成了“来时的路”
被风沙掩埋的野心和心肠
不改初衷，结满伤痕

有一天疲了，累了，变薄了
总有个回头遥望的地方
别人说日暮乡关的时候
总该知道乡关在何方

赤子与吟游
浪子与回头

人生最辽阔之豪梦不过如此
在夜色最浓、星辰最亮的夜晚
天凉如水，勒马回头
她依然在那里
容颜不改
温柔依旧
不会问是过客还是归人

七　月

七月无声无息地来
一年之中总有一些辰光把日子拉得悠长
空气稀薄的时候
半条河就从天空倾倒下来
连同一个阳台，一个书桌，半盏灯
和
没有寄出的信

麦浪翻滚的深处
会牵出一个秋天
可是雨一直在落下
信中的星芒也是
被掠夺和遗忘的部分也是

苦艾茶和甜米酒被雨稀释了
苦也微甜
醉也清凉
好像夏天本来的气息
七月的雨蓄势待发
信封里的字余温未尽

人间唯关于彼时之园长出的树
无需打理
她自有路径、自成葱茏
信未发出时
就在时间里慢慢长叶子
她有耐心长成
一片
盛夏的果园
待来年七月的雨
无声无息浇灌

拾

在雨季来临之前捡拾一些脚印
那些掉了羽毛的足记
是某种疼痛的句号
更适合披土而眠

倘若疼痛被原谅
它便破土而出
它需要被捡起
看它走向神殿稍纵即逝的青涩
看它芬芳之前骄人的眉骨
看它舍弃行囊之前不管不顾的天真
看它走进一片光明之前
告别另一片光明的目盲

孟婆汤喝了一碗又一碗
早已失效
装作被洗劫一空的欢喜
背离故乡
羽毛开始脱落
连同生命中留白的部分

隔着雨季等一个
野心家
等他拾到一颗荒废的种子
长成天荒地老
等他凭一个足迹编出一条
通天路径
等他把去日之日
复原一片辽阔
一个回不去的
故乡

旧　城

用一支笔构筑一个世界
该有多大的野心
荒草长满的时候
也用笔一根一根除

有时遇到井水
就汲上来
蘸着浓夜书写
混沌的眼睛就动荡就出一片星辰

你若看到月亮
我就赠你月晕
你若看到极光

我就许你永昼
你若撞见城门
我就扔下手中之戟
赠你一碗琥珀酒
与摇晃的来路和旧城邦
一起沉沦

乡　愁

踏上一片陌土
总是越走越重
后知后觉
在脚底长出根须来
深进泥土
离远方越来越近

顽力的发生并不为人知
最终和欲说还休的岁月
一半盘根一半错节
人生就是不断下沉的过程
重了也就踏实了

把酒碗倒扣在地上
是为供养根须
把记忆抛到空中
是为归处腾出路

看云看得久了
一低头就流出泪来
只因乡愁蓄满了
得溢出来

人间之外
总有装不下的东西
就让它往地底深处流

在被命运发配到异乡时
选择做一棵树
在木性中安生
在水性中乡愁

一朵花开

一朵花开就是一个寓言
凝视久了
就有力量抵御还未造访的暗夜

留一些信以封存
寄不寄出都无所谓
收件人总会出现
存几颗米粒一样大小的心愿
假以时日
就能看见麦浪翻滚
藏一片叶子也好
复原花芳香途径的印记
应当保存

允许在一朵花里迷路
这里时辰漫长幽深
可以遗忘
可以挥霍
也可以疗伤

这一生只路过一次的季节
那漫不经心的庄严
令人恍惚
好像除了一朵花以外
其他不过是点缀

小女儿国

你带着自己的星球
来到我身边
在这之前
世界比你先到

河流会改道
炊烟比村庄早到
星辰和白天是挂钟的两端
雏菊可以泡茶喝
笛声比耳朵长很多
这一切
你并不知道

你有你的语言，和法典
还有轻轻短促的呼吸
有些甜
毛茸茸的
包括蝴蝶结和眼睫毛
像一个谜团

可这一切都不重要
我们可以安生在对方长发的末梢
和岁月风雨一起
纠缠着长
编一条足够结实的青藤

如此这般
我才可以像一个纤夫一样
把一整船的故事
拉过来，交给你
任由你
拉去河对岸

第二篇章　人北归　心南渡

单选题人生

单选题与多选题的区别
在于
在某种辽阔里
一个，构建法典
一个，构建自由
“自由”两个字的保鲜期
比较精贵
得省着用

单选题只有月亮正反两面
所以
比较容易看到白月光
即掌声的出处

人类对于掌声的渴望
无法枯竭
但对于掌声之后的巨大沉默
无能为力
只能用一片掌声覆盖另一片

习惯在巨大沉默里
独自游走的勇士
把自己的倒影也击碎
获得
舍弃参照物的
自由

习惯在“适当”两个字
安营扎寨的
智者
将在画地为牢的过程中
被驯服
成为标准选题的示范者

扉　页

收起飘零的心
点半截蜡烛
晃一晃碗里的水
就晃动了平湖之秋

把日子熬成粥
一口一口地喝
看一朵花开
一瓣一瓣地燃烧

月光眷不眷顾
时针就是一寸一寸地移
底片有没有褪色

背影就是一年一年地拉长

有时看见自己守着自己
无非是声音慢慢隐去
灯光渐渐沉睡

这个时刻
不再数一辈子的长短
仿佛光阴永执灯盏
在额头轻轻一吻
忘了岁月和自己
谁收留了谁

伏　笔

走到中年
就走到了早已预设好的伏笔
结着苔藓的长亭
日影晃过
跌宕的笔锋就此一转

秋风低垂，眉眼低垂
顺从了风信里不言而喻的部分
也就顺从了人生的悠长

少年时眼睛长在树枝上
摇摆多姿，隐去节气
树叶总也掉不下来

就是掉也掉得悲春伤秋

秋日临在的岁月
眼睛比落叶飘得远
有时远得看不见了
就索性拿起手中的笔
写上一两句伏笔
在地平线尽头
那不露声色的日子
终于长长地嘘了口气

心中的泪光

夜
烛台
点起来
一桌好菜
烛影中款摆
香熏点点化开
音乐洒落自天籁
觥筹交错惬意自在
情绪打开如花瓣轻拆
点滴往事徐徐走过餐台
杯酒人生浮沉记忆盘中菜

烛影掠过感触对接油画色彩

眉眼熟悉笑语意味轻品亦轻猜
语言总给艺术腾出空间调匀步态
瞬息的灵感通过油画捕捉恒久留白
浮花洒落满天飞絮簇着眉梢拥着发钗
粗砺的门板触手可碰吱呀声响传出画外
画中脸庞回眸深处燃点莲花盛开灵性光彩
竹帘轻掀往事被拨开身后的院墙在雾中掩埋
月亮在木舟侧畔倒影与真实置换涟漪划过镜台
檀香扇打开镂空着呼吸轻摇着香气如掉出画面来
银饰的纹理清晰可见沉甸甸压在画中成为视觉主宰

飞升的情绪解读画中的呼吸追随画笔还原创作的底胎
个体的经历如刀刻造就颜料铺陈勾勒人物曲线姿态
心中幻影时浮时现飞过头顶在上空盘旋搅动徘徊
水面骤然飞升到云端托起雾里的小船荡漾摇摆
手中蜡烛升腾起串珠的水雾撩开梦回的雾霭
烛光燃烧像心中的泪水涤荡往昔遭遇依赖
定型的油布背后掩埋了太多的不堪无奈
出神的脸庞后面躲藏着童年那个小孩
瞬间凝固的画面流淌着干涸的泪海

苦痛和狂喜借助颜料和色泽承载
我要把生命在泪光中陡然绽开

目光交汇将理解的门户推开
解读背后披上自我的色彩
画中的花瓣任由人采摘
月光从画里洒到桌台
红酒渗入眼底深海
蜡烛凝固了青睐
对视蒙了色彩
真情不倦怠
只为情才
舒胸怀
何奈
爱

勒马歌

没有所谓彼岸
上前一步
它就后退一步

唯有对峙两岸
才能四目相对
凭岸而望
无人相随

你要有孤傲的身姿
以及孤傲的心
河水浩荡
繁芜红尘拦腰一刀

今生作揖一拜，勒马回头
来世岸边依稀，披满星辉
大悲大喜之势，如倾如注
孤舟一叶也好，奉酒樽残杯

终其一生打造一则舴艋舟
装风装雨，逐浪潮汐
日夜荡漾，形影相随
装不下许多愁时
也会无法成眠
明月飞升入怀
乡关日暮而醉
峥嵘了河对岸满山满坡的
红蔷薇

盛　宴

雨天总是相似的
但人们并不厌倦
每一滴雨都是饱满的
好像命运也是如此

大地在召唤这场盛宴的时候并不示人
来时秘而不宣
去时无疾而终
好像一场浩大
驶过
隐退于原路返回

很多片刻似乎从未存在过

努力想就会牵动一片潮声
它曾经滂沱的模样
如同雨后万籁寂静如歌

春 殇

我在春天跌了一跤
低洼处的村谷
绊住跑得太快的人
谷风谷雨健忘
只有在春天里
往事才稍事歇息

人们忘却的一些事
从桥上走过来
比如爱情比如誓言比如摔坏的镜子
顺河水流下去
也不知道谁在下游接着

看到一只船飘过来
就一脚踏上去
舢板上停着一只鸟
在鱼和云朵之间发呆
你若陪它羽毛便从天上掉下来
梨花开得巍峨
一个山坡又一个山坡
一声叹息又全部飘落
接也接不住

摘一朵海棠别在头发上
不在春天相遇
就在海棠花瓣里相认
春天有春天的样子
相认也一样

活了多少年
春天都是短的
这个季节长出的多余的修辞
在其他季节挥霍掉

有时我也想在春天里重活一场
看到漫山漫野的金盏菊
就不舍得了
于是把活过的日子种在桥头
陪她们在河边坐着
等无花果和谷风谷雨一起慢慢
开出花

匿　春

春风不虚构春的刻度
一切可以拿来言说的都太轻
比春风更轻
人们总追逐一辆火车
火车并不知情
唯有经过

有一些富饶只生长于初生之地
岁月接纳了
就是往生

和那被收起的信纸
合上的旧书

甚至落了一地的泡桐
一样

一种扩散始于暮色
一场远征始于告别
当然
春风包抄而来
什么都不说
如同离去

雨夜不负

雨天是高蹈的
总有去留之意在细雨中奔跑
抬腿就被沾湿
翅膀一重
夜晚就降临
在尚未分身前被夜色收留

把一生要唱的歌打个结
把一世想跳的舞织成鞋
看经年的誓言依然沉睡
看写过的诗句生出白发
看尘土依然是尘土
篱笆依然是篱笆

看月光皎洁好似不负此生

偶尔有沧海粟花从夜色而出
就对她寄存一些
痴语和健忘的话
看她被夜色收留之前
短暂而迷人的浓稠
看她怎样在一个天空
聚集所有的细雨
看她如何随
钟声
无声无息落下

安　生

倒带会随时发生
舍不得去想的某个片段
突然跳出来
大地跟着动荡不已

在此之前
你并不知道
过去
也是隧道尽头的光
一眼望去
望穿书的扉页
洒满光的部分低眉顺目

怀里装着一座旧城堡

白发生出一根
城墙的苔藓就绿一层
故纸堆的灰一吹
花就穿上来年的红装
谁不是
自己堆砌之物的看护人

累了
就歇会儿
金光闪闪的时刻
时隐时现
世界上没有比这场更
旷日持久的投奔

一想到这些
就笑了
觉得自己像个富翁
这人间总有
流逝带不走的光
和
无需人陪伴的安生

缀语

秋天不是用来聚合的
用以消散

在池荷和忍冬之间
倒影无限拉长
浩浩荡荡
后缀无边无际
走着，走着，就允许自己走失

被巨大的水倒推着走
终于和一些背影迎面相遇
她停留在某种时光不会老去的慷慨里
生活蚕食一切也无力蚕食她

栖居在这里是安全的

秋天就这样构成人的独自秘径
且
不需要同行者

她是另起一行的诗
无从落笔也成就一个结局

静谧到底
就变轻了
在秋水里清洗一颗过重的石子
在一朵花上或者
某个来不及消散的笑容里
驻留
用等待一整个秋天树叶静静落下的耐心

冬之前

秋是一封有去无回的信
用以封存
一场秘密发酵捂暖下一个秋
心一用力，天就
转凉
心中有棉絮飘起的时候
雪正好替它下

愁肠在秋门晃一圈
继续游荡
一部分落下
变成落叶
一部分凝结

变成一首曲子中停顿的部分

一首歌唱到中段
低吟就起
那些离大地近的调子
起伏明亮
遁于尾音
像一场旷世的释怀

重露和清冽
让一笔带过的部分伸展
如征途中的放眼望
这深呼吸后的缄默叫人着迷
当归于一个季节
人就变小
万物凝望
意味深长
岁月在寒冷深处抖开卷轴……

黑白色

淌过一条河
就能走进光里
仿佛只有一个仪式的距离
它使一切坠落的着地
让摇晃的平息
只要你舍得丢弃所有的行李

这残败的、陈旧的行李
如果丢弃了
还能有些什么呢
太轻了
也迈不动了

被河水冲刷之后
日子里到处涌进光
让人无处可躲
连阴影也白
我又在哪个角落隐匿我的荒梦和
无人可说的秘密

苦难也不可以被透支
也得攒着
一点一点地花
让过于彩色的世界回到原色
稍事歇息

关乎秋

毫无疑问
秋天来了
微凉的洪水迟缓地涌来
没过头顶
无声无息

那巨大的隐匿
席卷人间万物
属于她的形容词
后缀都长
一眼望不到头……

迎着她便能看见往事

浩浩荡荡而来
它们忍了一个冬、一个春和一个夏
终于不胜重负
纷纷坠落
同时极尽摇曳之姿

用再大的口袋也装不住所有的落叶
就像用最大的耐心也无法让某处曾经停留
落吧，落吧
明知来年你依然会重现
那为什么我偏偏只爱你——
这一片秋

站台寓言

站台
用来迎一程水
送一程水……

用来填满一个酒壶
投放一叶孤舟
扎紧一个口袋
或者蒸发于人间……

总之
水流之处
每人捧着一个梦

有时

梦会走失

恰好有一小块移植过来的泥土可以种一棵树

六　月

到了六月
沉湎的往事便水涨船高
有一些汹涌
必以流逝的身姿
对抗驻留之心

总是要走下去
或者潜心去寻找关于那片海的踪迹
连同梅雨季潮里
打着漩涡的暗喻
那催生岁月发酵的昏黄

在一棵树前扫拾落叶的时候

天空便倾倒人间所有的誓言
不管不顾，掏心挖肺
那些关于离散、重逢、爱和恨、遗忘和回忆的堆积……

此刻
大地宽容
万物寂寥
天际大梦初醒
飘摇无边无际

天空一定加倍于我多愁善感
才能使我在淋漓之势里不致孤立
在滂沱酣畅里独自狂欢
在浩荡远方里获得安慰

笙声慢起

忧郁，是带着夜色
行走在白天的人
你的忧郁那么专注
那么隆重
以至于白天变得可有可无
请允许我以星辰裹身
盛装出行
假装星光夜色无处不在

这一页翻不过去不翻了
这条河结冰就让它结冰好了
还有六道轮回
转经筒陷入游神就

神游好了

总有一个季节在静默中
等那辆姗姗来迟的马车
总有一棵树以凋谢深藏
重生
当然还有远处那个村庄的土地
一寸一寸热起来
盛开满陇满坡的
果实和不知名的花朵
迎接我们
披着星光到来

风　声

我是用风写字的人
一路包抄的密径
令人着迷
遁形之后的沉寂
令人间更接近一场
冗长的捉迷藏

无风的日子
有落叶带着风信
兀自在无糖的日子
闪光

当然也有春风十里的巨大排场

旖旎而过

无论经不经过我

请允许我

在这看不见的移动村寨里

安营扎寨

活它个

十世九生……

呼　麦

你吹着幻灭走过
带着倒塌的城墙，和
招幡的铃声
脚下，飞出
狮子、花妖、鞭子
草籽和陨落的星辰
还有半部
法典
里面关着不舍得放出的人
用来遗忘
当然还有两头吊着铃铛的羊
一头是白天
一头是夜晚

叮铃铛，叮铃铛……

白头用以寻找不确定的草原

夜晚用以枕着失落的草籽入眠

第三篇章　玉人歌　忘辞曲

健　忘

认识你之后，世界被分成两瓣
一瓣是没有你的日子
它飘零到不知哪里
又在哪里
落地生根

一瓣是有你的日子
它是那样健忘，
轻如鸿毛，
我也会觉得健忘是好的，
它使我想使劲想那个秋天，
你含笑向我走来，
那条路那么长，
永远也不会有尽头……

不 去

拔下发簪
蝶翼便惊起
扯一扯裙裾
一个夏天的湖水就动荡起来
迈开碎步
半部《诗经》便临风而咏
想一想你呢
乌雪成青丝
眉眼藏星辰

人间有多少怨就有多少痴
依一个肩头
等山无棱

剪西窗烛光
待江水为竭

说好的一起变老呢
若誓言能种下
你会不会许以冬雷震震夏雨雪
半亩方塘一片果园
绣在团扇上的旧体诗
都不能老去
何况是你

岁月老了
巴山秋池不老
夜雨仍旧打芭蕉
我若老了
便化身为蝶
停在你清寂的书桌
你认不认都好
你若老了
我便藏在你的眉迹额头

只消你轻轻一笑
我便展了容颜
遁入山间

不去之见
人间相会之地
不是断桥就是鹊桥
也许还有一座桥
让我用余生
以烟雨作屏、四季为线
慢慢绣慢慢织
心无旁骛
不管人间

如此这般
待到天地合
与君长生老

牵　动

把自己深邃成一片海
缄默是必然的代价
那一切不可言说的
全部沉入海底
算是有了个去处

当候鸟飞过的时候
悸动随海浪翻滚
再深的沉眠也有睁眼那一刻
觉醒时你无法分辨是白天还是黑夜
只是摆钟在那个弃暗投明的位置而已

上帝设定了记忆的属性

这恐怕是最无能为力的事
你将背负着一种独自的历程睡去或醒来
四下无人可说
这算不算是一种完整
一路孤寂的完整

有时会突然上升到海平面撞见久违的壮阔
那是顽固的天真尚存
以不可预见的方式相认
那一段接近神祇的造访
恍若春光乍现
即便一梦醒来
淡然一笑
总有一丝笑意牵动整片大海的伤痕

我　醉

请不要把我灌醉
弯弯的小路彻夜不归
颠簸的脚踝人鱼的腿
明日再栖，明日再栖
桂树下的花瓣雨
玉人的酒杯

请不要把我灌醉
风铃响了一夜此刻我最美
天涯海角怎样追随都是迷醉
明日再栖，明日再栖
月色下的断魂曲
离人的泪

请不要把我灌醉
风已飘零退无可退
余音绕梁七弦琴的罪
明日再栖，明日再栖
燕已低回，雕琢暧昧

请不要把我灌醉
掌温依旧心不知累
冷风中的肩头纤纤如鬼魅
明日再栖，明日再栖
发已如霜，不醉不归

偿　还

为了让你记住来时的路
我种下记号
希望它在某个时刻能把流逝截住
把阴影收拢

它是那么刺眼
灼烧一些旧时光
一次次把我往忘言深处推

想待就待得久一些
更久一些……
久到花瓣重新长回去
河水倒流如澈

月光浮动的时候
连倒影都记得那个长亭

把远方拉近一些
哪怕独自捡拾遗落的夕阳
不言不语
仔仔细细
自己与自己的约定秘而不宣

在旁逸斜出的时刻
会突然喜欢上这个世界
她把爱作为掩体
就此可以顽固地天真下去
隔开空落落的苍老

时间富得流油
尽可挥霍
仿佛不需要偿还

而当你终于赐以这些记号复活

一切迅速倒退

打回原形

透支的时间拱手奉还

第四篇章　青叶集　双韵子

草

一根草要长多久才像一根草
一出生就没回头路
地面下是巨大的
失忆
天空是本无字书
仰头
是唯一的安慰

忽略掉四季
草的冠名也被拿掉
那么
是否允许重活一次

你看
马蹄排浪般的狂大野心
被绿色温柔了一遍又一遍
燎原之风的巨网之下
有永世的结盟
一世又一世

一根连着一根
一簇拥着一簇
从来处来
往去处去
地平线倒退着恭送
这人间最卑微的生命

是谁
用匍匐用沉默
生生不息地
吟唱
苍穹下隔世的长调

客　居

迈出一步
大地就荡漾起来
回头一笑
就风里带绿

若能在静到幽深处把自己长成一株木槿
就长在时间的倒影里
让停留的更多停留
让不舍的更加不舍
有一种安营扎寨是诚实无欺

芳香过的季节一丝不苟
木槿花开得全心全意

不作他想
这样就能更接近完整地交付

会有一辆马车旖旎而来
它必是驰往一片辽远之地
那里的长诗都写好了
只等你从花瓣上拔下发簪
在卷尾处盖一朵木槿的钤印

空留一个老镜框
街上空无一人
仿佛一切都无从考据

叶梧桐

梧桐燃烧的时候
天空就烫了个洞
一切用力遗忘的就
倾倒下来
秋凉如水时无处可逃
只有被淹没
夏天的断桥被冲走了
等到明年桥上等待的那个人也被冲走了
就长满青苔地漂过来

誓言太轻
只能长在树上
风干的时候

满世界去找相同的
那一片
披纷而落的
是一年一发的寂寞
以燃烧谢幕
把欲言又止送到更深处

潮水涌来涌去
人间打捞起的何曾相似
无非是一碰到疼处
冬天就来了
把劫后余生的日子重新过一遍

记性太好的时候就到路边歇一歇
去等那草长莺飞的春天
还好这个城市的头顶
总有梧桐叶兀自摇曳
它在积蓄燃烧的力量
好叫那些尘封的眉眼
被下一场秋水冲洗一遍
变得清亮

邮　车

用镰刀收割文字
刀口钝了
文字的稻穗依旧在疯长
无序中的力量
比岁月矫情

必有篮子装它们
更有遗落的反哺大地
送达的过程是一种仪式
从一个国度到另一个国度
从一种误解到另一种误解
但
必有抵达的部分

在他乡遇到故知

不然你眼中为何有涟漪荡开去
此时最好走开
那是去年邮车上的信
长出的羽翼
略过了今年的黄昏

容　器

人在没有开口之前
窗是关着的
窗外若是辽阔的
就有光从眼睛里透出来

有时你会看到枯树干影子摇晃
不在场的雨季
连冬季都没赶上
他也在寻找一场春雨
只是长久地找不到
便成了一株植物罢了

人和人是互为的容器

相互倾倒光阴、渴望、眷恋和无力
只是窗开开合合
树影摇摇晃晃
总是凌乱无序
错过了那一场生命中仅有一次的
春雨

遗篮梦

你提着花篮走过
那芳香
把四季都开尽了
这片甲不留的盛大
叫人只争朝夕

视力不好的时候
梦就清晰
这开到天际的荼靡
把人到中年的苍白
都填满了
好像就此不枉此生

这隔年的花
依然在天上
浩浩荡荡
攒到很久
才舍得抬头看一眼
花瓣雨倾倒如注
把前尘今世都淋了个透

永 岸

迷失在四月的人
要淌过许多条河
满目苍翠
足够挥霍

把搁浅的船推到河中央
和春光乍起的湖水一起荡漾

依然有落叶飘下来
依然接不住一片飘向自己的

有歌声传来
飘过千山万水

错过很多季节

身披粼光而过

是唯一的善始善终

无声之外

跃过头顶很远
才能闻到花开
如同
深入泥土很远

尘喧之外
诗的国度安然无恙
无声之外
寄居之身才会苏醒
久远的事物
也会苏醒

生活的果实总成熟在未来

不知犒赏了谁
上天指的路径之外
并没有其他路

有时候和横逸之事
打个照面
行囊遗落之物
总是发光
捡起便是
年华之花开得正好
陈年的旧纸也现出了字

叶叶归期

她是一个带着树根行走的人
找到适宜的土地
就扎根
洒下叶子的路径
秘而不宣

谷雨来临的时分
就停下来
耐心地长树叶
白天时掩埋足迹
夜里时捡拾星星
有时会留下一截枯木
那里有关于前世的封印

只能留给另一本书中的人
揭开

秋风起时
是该和万物相爱了
花瓣和落叶都只活一季
不是么
彼此交换着离散和重逢的信息
彼此顾盼然后归于大地

总能找到一片云关照的河边
那里的气息必定藏着
久违的辽阔之姿
让盘根错节的故事伸向云端
一边生长一边飞散
连满树华盖都遁入另一书中
在人间不附痕迹
留待来生去揭开
最后那片叶的
封印

筑　石

言语的词不达意
是精神本质
开口就离题万里
闭口又心有不甘

那来不及风干的养分
是个盲人
并不一定时时在盲道上行走
他总被遗忘在
百口莫辩的
途中

文字

是西西弗的巨石
它构建迷宫的力量和耐心
远比岁月
长久

生如夏花

一朵花就是一个谜
试图探究就走上岔路
最终和某个时段的迷惑相遇
那似曾相识的迷恋终成疾
毕竟挥之不去

谜面是用来呈现的
谜底属于远方
握在另一个人手里（别人给的心安吧）
它存在犹如一个隐喻
仿佛够不着才令人慰藉

很多时候想把一朵花藏进心里

然后用力遗忘
好像她有无尽的花期似的
然后在她怒放的刹那坍塌一座城堡
四季的静默壮美终有所指

因为遭遇一朵花
地平线迅速倒退
这算不算一种幸运
因你终于叩开辽阔之门

因为错过一场花期
连葬花词都无从提笔
这算不算一种不幸
因你终于无力重现初见她时颤栗的盛姿

遗　漏

这人间
是一个大布袋
用以兜住一切的落叶

纷纷缤落是朝圣之姿
在坠落中摇曳
宛如从容赴约
浩浩荡荡

试图挽留
就力不从心
比留住一个黄昏更无力

坠落的过程中会撞开一道门
那里蛰伏着最无邪的清晨
一粒露珠便可以冲刷此生
让人间情事泣不成声

总有一片落叶
因飞旋之姿被定义为谜底
在此之前
你并不知道自己是一个谜面
从属一个完整

解谜总会如王者降临
那逆光的相逢
于是紧紧扎住袋口
生怕遗漏了此生

城　殇

如果投奔的是空城
又何妨
想花花开
想月月来
如果想待在春天里
秋天就会走开

如果想一个人
他身后的梨花就
无处不在
只消轻轻抬头
花瓣如雪
如瀑涌来

笛声渡一双瘦肩
眼底送一个东风……

当然你也可以遗忘
但缰绳是缰绳
车辙是车辙
总有一些无能为力构成一座城池
三十里一长亭
三十里一条河
刻碑篆字
立地成佛

有时你也需要歇歇
累了……
听白头老翁说河对岸的故事
听着听着
就会有梨花瓣飘下
落在手心里
洁白了一整个冬天

隧　道

确定了一个春天
隧道就形成了
尽头的光
还没有透过来

以黑暗陪伴自己
久了也就习惯了
火炬无力时
内心的星辰就亮起来
若不是暗夜
眼睛如何看得见

转身并不能与诗歌相遇

另一条隧道在等着你
会把星光往秋天里带
或者与提前到来的冬相遇

会有同伴出现，然后离散
仿佛本该如此
理所当然
仿佛挥霍不尽的日子也会比隧道长

对于深信不疑的春天
不知是谁温柔了谁、谁坚韧了谁
走出隧道与隐匿的光相认之前
或许
只有一言不发
用沉默覆盖
黑夜

赠　别

相逢时杯盏轻狂
身后的故事浩浩荡荡
相逢后想见即见
鹅毛遇疾风，一吹八千里

分别时酒入愁池
万事万物皆有定期
分别后无心插柳
孤舟远去，归去来兮

一个作揖，八面流风
三折季岁，七弦未拨
这总也扑空的壮志豪言

这唱也唱不完的流觞清曲

斟酒时，柳絮纷飞
酒干时，一语成谶
斜阳爬坡不忍去
笔枯且下一盘棋

罢，罢，罢
此时还是来一场铺天盛雪吧
鸿门大宴
如诉如泣

还汝一个白茫茫世界
还吾一个初心天地
为君拭擦颊上水
君言是雪不是泪
赠君一管鹅毛笔
欲放归期书归期

初　冬

落叶掉了
枝桠上就结满
未果之事
等着被来年的新芽
重新定义
重复前世的命运

人们把疼痛装在口袋里
行走
疼痛被捂热了
就和宿主难分难舍
不知谁离不开谁

有时会遇见一个同样疼痛的人
相互交换拐杖
这样的仪式可以支撑人们
走很长一段路
但它过于神秘
因此
并不经常发生

那些被霜冻、尘封的部分
偶尔会在一杯酒的底部
一句电影的台词
一首歌的尾音处……纠缠着
苏醒
好像为了赴死再一次回光返照

人们都说忍冬忍冬
似乎，过了一个冬天
春天就在前面
可那重生的降临前
巨大的遗落和沉默

是否能够在冬天里
自燃
还原白之外所有的
绿
以燎原覆盖整个
冬天

辨　认

人们忘却的一些事
从桥上走过来
比如爱情比如誓言比如摔坏的镜子
顺河水流下去
也不知道谁在下游接着

看到一只船飘过来
就一脚踏上去
舢板上停着一只鸟
在鱼和云朵之间发呆
你若陪它羽毛便从天上掉下来
梨花开得巍峨
一个山坡又一个山坡

一声叹息又全部飘落
接也接不住

摘一朵海棠别在头发上
不在春天相遇
就在海棠花瓣里相认
春天有春天的样子
相认也一样

活了多少年
春天都是短的
这个季节长出的多余的修辞
在其他季节挥霍掉
有时我也想在春天里重活一场
看到漫山漫野的金盏菊
就不舍得了
于是把活过的日子种在桥头
陪她们在河边坐着
等无花果和谷风谷雨一起慢慢
开出花

第五篇章　短诗系列

软体动物

看到孩子
我就成了软体动物
怎么弯曲都可以

变成一根直线
延长地平线的未尽部分
变成一个点
回到万物静默如谜的原点

城市僧侣

一个僧侣
在城市的马路行走
皂色的袈裟刚好等同于
一叶渡船的浮力
有时隐形的寺庙高于河面
有时汹涌的红尘形成
浓雾

无　题

人世间寒冷之事
泥地里打个滚
便御了寒
人世间快乐之事
还没有走进溪水
鱼，便顺流而下
不知所踪

人　生

捡起散落一地的珠子
挑没有残破的擦干净灰尘
镶嵌在书名号里
写成
《人生》
……

良　医

把笔横下来变成一座桥
去投奔一个良医
墨水干涸的时候
把血和陈年的泪填进去
依然寻不到那一味
药方

往　事

把往事绞一绞
总能滴出水来
风干之后
只剩一些背影
在秋风里
经幡一样扑簌颤抖

椅　子

选择一把不会移动的椅子
去坐
是必修题，没人给你发芽的过程
有时你可以作弊
比如和那些蠢蠢欲动的台词大喝一场
不醉不归之前
看清一把椅子的欲望
也许承载不了你
卑微的野心

留　恋

白发
自走进冬天
便不再留恋，其他
季节

醉 池

女人背上的孩子，是
酒池，回头看一眼
醉一眼

春雨不去

春天是现实的
如果对着山谷喊一声
漫山漫坡便芳菲得没有明天
有时灿烂得太过铺张
终归让人失神
需要蝴蝶和溪水停一停
让风吹万物和炊烟浩荡
取代开篇
成为章节本身

后记　关于写作

近几年，我写了不少东西，大多数时隔数月拿出来再看，竟然多数都比较模糊，用有几分“陌生”来形容也不为过。人与自己往昔的作品相遇，就像两个节气的对话，站在一种荼靡中回望另一种荼靡。

由此想到“作品”这两个字，“作”意为创作，为无中生有；而“品”意为品味，嚼之有味；“作”后而“品”咂、“品”味，后劲仍存，百读不厌，甚至望文生新意，那是作品之所以能够将创造后的生命力延续下去的内在力量吧。

近期不少文字创作是订制，出于为某些特定的演出而去完成的创作，这个时候文字一般很听话，是你去召唤它列阵它摆布它。它们没有表情，温顺且低于正常体温，但是它们很乖，符合“规矩”。当我看着别人站在舞台上，用自身凝聚起来的热度将它加温，声情并茂地诵读，心里颇有几分过意不去。

有些是突如其来的诗歌，它们就在嘴边，就顺手把它写下来。这种时刻多发生在晚上，我总觉得夜晚是天上的能量落到地面，凡人们拾起来，用来将自己贫瘠而短暂的一生的某一瞬间，点燃或者幻灭。很多个清晨，我看到床边散落床头的纸片，上面有我涂鸦的中文字，它们出于对速度的驾驭野心而变形了，像占卜的图像，符咒一样，这些散乱的纸头这个时刻最接近生命的本来的样子，秘造和消逝，不过是一个夜晚的降临、一个白天的到来。

也有些是散文，或剧本，它们的形成是我对于突然出现的人物的无可奈何，他们需要活，于是我只能让他们在文字中活，让他们说生活中无法说出的话、做出的事、成就的命运，他们替笔者活了一把，过了一把瘾，于是变成凝固的文字，在荧光的电脑屏幕里或者白色的纸片上，归于无色，等待某个神秘的时候变成另一种艺术生命形式再次复活。

写得越多，越觉得写作这件事深不可测，看到那些用文字的堆砌的莽山和深海，越来越觉得自己的渺小和微不足道。于是便只能在一种秘而不宣的写作状态里，捕捉那巨大潜流中裹挟自己的力量，获得一种归属感。

我不想说写作是类似于使命感这样的话，赋予深重的意义，写作倒变得更为沉重了。我想，写作这件事，对于我，应该是用物质的方式见证了时间吧。看到那些文字被码放好，一行行一页页，这个时刻，我能感受到“时间”两个字是如何被物质化显性出来的，这样的一种呈现，令人无端安心。流逝是无法阻挡的，但是挽留的方式，人类可以选择，写作大概是这样的一种挽留方式，最为安静和固执的一种，且不需要假借其他人个体生命陪伴，当然如果陪伴自己的是一只古灵乖巧的小猫、一柱袅袅的沉香或者是一株亭亭净植，也另当别论。

写作不过是滚滚红尘中的一张书桌，如果在这张书桌的背后，连期待的掌声也舍弃了，那么，这个世界上，终有一片疆域在静默中一马平川、塞外高歌。

写作时间久了，就会对生活中素常的谈话，充满一种解读，就是对表象后面深层次背景和因由的解读。因为多了这样的惯性思考，人就自然会变得安静、变得不会僵死在一个角度对事务做出判断，变得和缓而不充满攻击性地好奇，这种气质是包容性的，也是通透性的，在这样的气质面前，空气也会慢一些。人们往往会冠以这样的气质叫作“内敛”，其实这一份内敛的河床上，涌动着多少安静而丰富的意识流。

写作于我，越来越像是一个管道，通过这样的一种工具，我与世界建立了真正意义上的联系，这种联系，是平行于自身生命的另一种“活着”的感觉。于是通过写作，写作者获得了双重的生命。这种感觉，终于可以使写作者对抗在写作中难捱的孤寂和虚无，当写作的意义被达成的时候，你终于可以获得一种超越现实桎梏、超越流逝的自由！

吴斐儿

2017 年 4 月 26 日

图书在版编目(CIP)数据

青叶集/吴菲儿著. —上海:上海人民出版社,
2017
ISBN 978-7-208-14720-1

Ⅰ.①青… Ⅱ.①吴… Ⅲ.①诗集-中国-当代
Ⅳ.①I227

中国版本图书馆 CIP 数据核字(2017)第 191094 号

责任编辑 陈博成
封面设计 张志全工作室

青叶集
吴菲儿 著
世纪出版集团
上海人民出版社出版
(200001 上海福建中路 193 号 www.ewen.co)
世纪出版集团发行中心发行
江阴金马印刷有限公司印刷
开本 787×1092 1/16 印张 4.5 插页 6 字数 69,000
2017 年 9 月第 1 版 2017 年 9 月第 1 次印刷
ISBN 978-7-208-14720-1/I·1663
定价 28.00 元